幸せは口笛ふいて

ひきだ沙南

文芸社

はじめに

私は小さな詩人です。微力ながら、人の心に響くメッセージを残せたらと思っています。いつも傍に置いていていただき、心の友として私の本を読んでもらえたら幸せです。

短い詩が多いのですが、俳句や短歌とは一味ちがう味わいを求めて詩作をしてきました。八十三篇の詩集です。第一詩集の『きらめき処方箋《しょほうせん》』と合わせて自分を出し切りました。

これからもずっと詩作を続けてゆきたいと思っています。私に色々とアドバイスをしてくれた主人と兄、そして亡き母に感謝しています。

令和五年　秋

ひきだ沙南

「もくじ」は最後（119ページ）にあります。

耳を澄ませば

糸口

一つの出会いから始まる
きっと　きっと　と信じて
どこかで縁は花ひらく

日の出

万物が称《たた》える
大いなる波動
待っててよ、未来
まだまだ　もっともっと
交信ができる

一日

出会い
自分が変わる
良くも　悪くも
受けいれて繫《つな》げる
はじめての今日

道

何とか到達できればいい
辺りを気にして信じて進む
時には　鼻歌を友にする
遠回りになったって未知との出会いもある
答えは一つではない

開《ひら》ける

人生の種はやる気
土壌があえば芽がのびる
根をひろげ踏んばりぬく
雑念もはらう
ガン　と前を見つめて生きる

順応

この場所をつらぬく
思いを固める
染まる気持ちをもつ
自分を変えてゆく　少しずつ
見えてくるものがある

誰だって

目標へは一直線には進まない
戻ったり、曲がったり　色々
時として　後味のわるい経験も踏み台
幸せに至るまでの一つのステップ
出会って　サヨナラ

待つ

グッ　と我慢　理想の実現
誰にも都合がある
ロングライフを通してつじつま合わせ
人、それぞれの生き方
いいじゃない　順番は自分流

焦らず

ひたすらに寄せては引いてゆく波の毎日
歩く、歩く、歩く　濡れたとしても
砂の中でも煌《きら》めく小石を見つける
ふとした出会いもある
時は足踏みしない

生き甲斐

信じる道　とにかく続ける
戸惑いをこえて成長
焦れば時のカラ回り
ペースをつくる
何かがプラスになる

過程

人生は未知数
報われた幸せ感は失ってはいけない宝
自信は次へのステップ

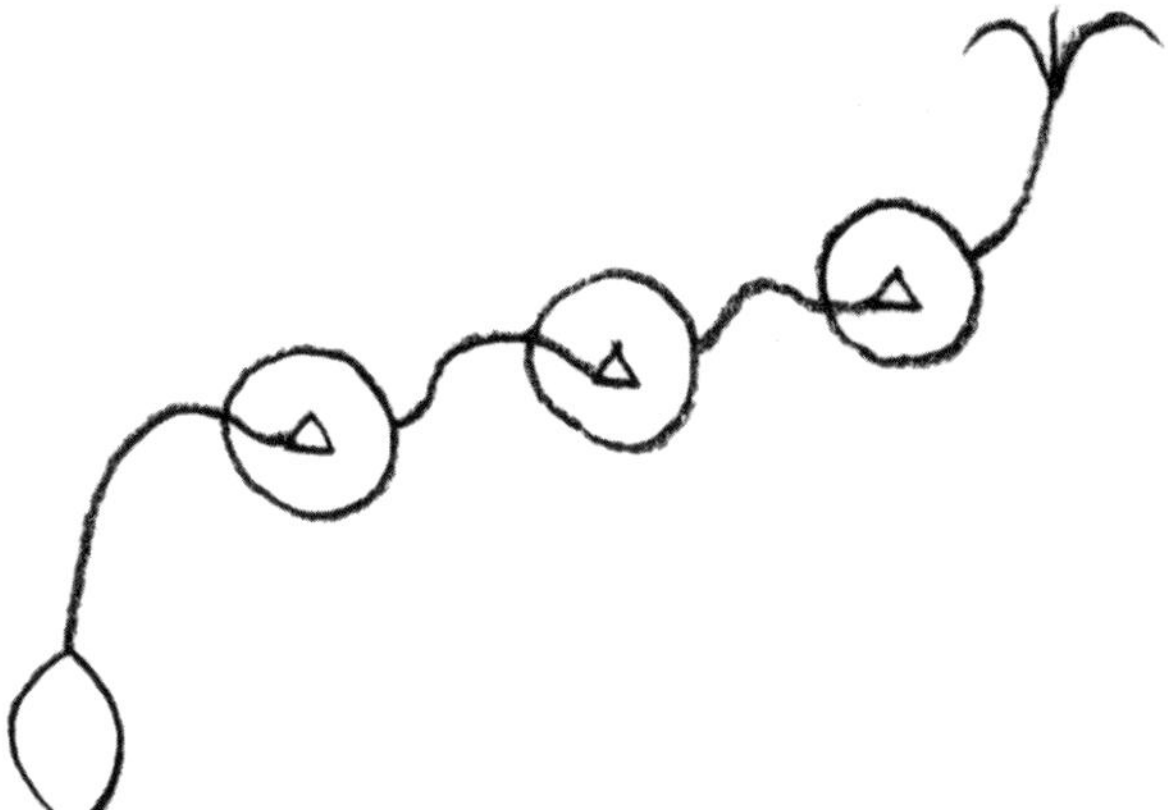

存在

可能性を秘めている
違いを求める自分色
何がなくても名前がある

個性

これこそ自分
味を求める
気分は独り占め
方向性につながる

新型

こうあるべき　に縛《しば》られない
観念をくずす
全てに否定もしない
自分らしく　しなやかに
時流に合わせて

誰もが

同じでなくていい
自分なりで
イバラナケレバイイ
これでいいのさ
誇りを感じて生きていられたら

ゆずりあい

一歩ひく
尖《とが》りが小さくなる
出来そうなことに
無理もなく
何か良いことありそうで

愛

芽生える太陽
いくつも　いくつも
優しくもあり、厳しくもある
支えとして信じる
思えば生きる力

家庭

寄り添うつながり
生活に発見がある
人生に深く影響する砦《とりで》

銀婚式

一つの歴史
生きる　支えあう　築く
見えない力にも守られて
しみじみ夫婦

見守る

後ろ髪を引かれる
片付けものじゃないよね

互いに存在が響きあう
いつの日も、いつの日も　己を擲《なげう》つ
とらわれ過ぎても行き詰まる
思いはその場に応じたマイペース

つきあい

いつまで続くことやら
ずっと　ずっと　と願っていても
人が去るのは仕方ない
独りぼっちに耐える覚悟
後悔しない時を刻む

ふつう

しっくりする感覚
居る場にマッチして
釣り合いをとる
極端にならないように
思考はミックスが良い

強く

見切りをつけるのはまだ早い
二つとない命

今、今、今　時は今の連続
今は変えられる
変化をトライ
今日とは違う明日にむかって

沈みの中で

今の呼吸が精一杯
考えが回らない
巡りくる時の変化に背中をおされる
流されてるだけでもいい
先ずは今日を生きる

乱れず

ふつうでいい　ふつうで
度を越さない
凡人でいい
気張らなくていい
それも生きる術

かすり傷

有りがちな不運
何故か避けられない
切りかえてリセット
大事をよせつけない神からの御告げ

まだまだ

人の体は無限大
心掛けで不安をとばす
存分に楽しみたい
せっかく生まれて来たんだから
しぶとく生きる

つなぐ

永遠となる予感
身は滅びても要の精神は生きてゆく
思いを汲むものに魂が響きつづける
更に　と
時代に立ちむかう

作品

力作《りきさく》にチョイ作
何かしら　踠《もが》きがある
それなりに
あなたの声は大きく響く
どうでしょ　私の声

好物

幸せが手招きする
引き寄せられる
今日はコレ
コレじゃなきゃ
食べるたびに新たな感動

外食

美味追求
お店訪問
一人も捨てたもんじゃない
フラッ　と息ぬき
街も友達

もっと見つめて

健康

今を当たり前と思いがち
失って感じるありがたみ
これ位なら
ついつい無理をしてしまう
強気もほどほどに

清潔

ためらわず、こまめにする習慣
やってしまえば何のその
ケリがつく　とりあえず
お手入れは生きてゆく欲求
とにかく　とにかく

放心

とことん頑張りぬいた
意気込んだある日の翌日
食べつくされた後の
あさりの貝殻

保つ

「まぁいっか」「この辺りかな」
出しきらない一声《ひとこえ》
時にアップ　時にダウン
キチキチしすぎると続かない
余力を残す

世間

出会いを見極める
よく、よくよく
譲れないものを堅くもつ
こっくりと頷《うなず》けなければ諦《あきら》める
傷つくことを恐れては始まらない

サボテン

トゲトゲしくありたい
時に　人もこのタイプになりきる
辛口の自己主張
身構えて近寄るものにチクリとさせる
潤いが少なくても生きてゆく

見栄

誇大主張
周《まわ》りに気をとめない
過ぎたお世辞が図にのらす

偉《えら》がる

おしおきが待っている
いまいましい存在
回りまわってくる性分
自分が種をまいている
誰かが許さない

こじれ

マッタ！
これっきりは何時《いつ》でもできる
うらみ節は自分もまいる
味方にできれば切りかわる
何かの役に立つと思えば

身だしなみ

装いの個性とエチケット
人前での見ための勝負
かまわないと気持ちが負ける
哀れ神が降りてくる
不調でも限度をキープ

婚活

有りそうで無いのが縁談話
見合いは気合いを入れてのぞむ
最高をよそおう自分
ジンワリ内面がにじみでる
御注意あそばせ　第一印象

そろそろ

切りがない　このままでは
さて！
終わりにしなきゃ

先のばし

スパッと打ち切る
もういい　ため息ばかりの堂々巡り
明日、考えよう

限界

あのね、
カンニン袋の緒っていつかは切れるの
己の身の振る舞いはしっかりと
ヒトはみな神様ではない

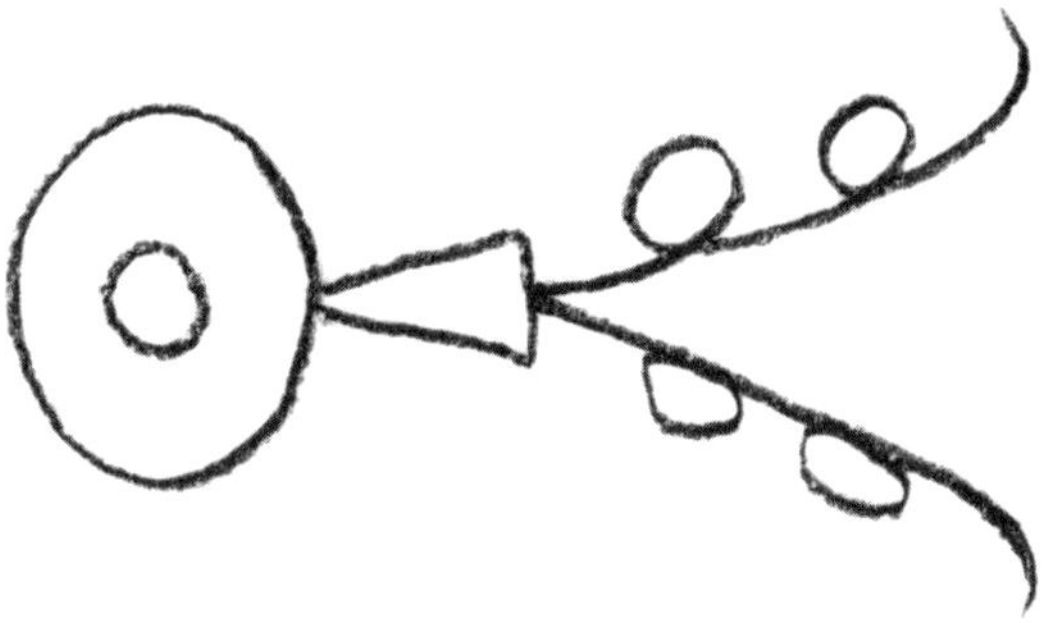

57　　もっと見つめて

生きる

安心がほしい
日々精進
光の存在としてありたい
誰かにとって　何かをめざして

意味を問う
後悔につきまとわれないように
自分で自分に言いきかす
見守る味方はきっといる

追う

夢みて何が悪い
人生には限りがある

人は信じているものが違う
結果は真摯《しんし》にうけとめる

料金受取人払郵便

新宿局承認

2524

差出有効期間
2025年3月
31日まで

（切手不要）

郵便はがき

1 6 0-8 7 9 1

1 4 1

東京都新宿区新宿1－10－1

(株)文芸社

愛読者カード係 行

ふりがな お名前				明治　大正 昭和　平成　　年生　　歳
ふりがな ご住所	□□□-□□□□			性別 男・女
お電話 番　号	（書籍ご注文の際に必要です）	ご職業		
E-mail				
ご購読雑誌（複数可）			ご購読新聞 新聞	

最近読んでおもしろかった本や今後、とりあげてほしいテーマをお教えください。

ご自分の研究成果や経験、お考え等を出版してみたいというお気持ちはありますか。

ある　　ない　　内容・テーマ（　　　　　　　　　　　　　　）

現在完成した作品をお持ちですか。

ある　　ない　　ジャンル・原稿量（　　　　　　　　　　　　　　）

書　名			
お買上 書　店	都道　　　　市区 府県　　　　郡	書店名	書店
		ご購入日	年　　月　　日

本書をどこでお知りになりましたか?

1.書店店頭　2.知人にすすめられて　3.インターネット(サイト名　　　　)

4.DMハガキ　5.広告、記事を見て(新聞、雑誌名　　　　)

上の質問に関連して、ご購入の決め手となったのは?

1.タイトル　2.著者　3.内容　4.カバーデザイン　5.帯

その他ご自由にお書きください。

(　　　　)

本書についてのご意見、ご感想をお聞かせください。

①内容について

②カバー、タイトル、帯について

弊社Webサイトからもご意見、ご感想をお寄せいただけます。

ご協力ありがとうございました。

※お寄せいただいたご意見、ご感想は新聞広告等で匿名にて使わせていただくことがあります。

※お客様の個人情報は、小社からの連絡のみに使用します。社外に提供することは一切ありません。

■書籍のご注文は、お近くの書店または、ブックサービス(0120-29-9625)、セブンネットショッピング(http://7net.omni7.jp/)にお申し込み下さい。

一途に求めつづける
その小さな日々も輝く舞台
弾みをつける
「いつかは　きっと」

復活

毎日は同じでない
生きるって予定が変わる
わざわいが好転することもある
長い目で見れば

何かがあるのよ
巡り合わせみたいなもの
気を取りなおす
ここから　一歩ずつ

負けない

試されているのか　越える努力を
悲しみ、怒り、悩み、不安　これも我が人生

見渡せば同類項はいる
更なる自分が待っている

遊びも大事
一時《いっとき》　頭をカラにする

払う

また来たよって弱音が顔をだす
しつこい奴
辛いのは自分だけじゃない
世の中は色んな不幸がいっぱい

「健康こそ宝　命があるだけまし」
そう　唱えてみる
何とか　今日が生きられる
一日　一日　が大切

グチは甘え　時にはこらえる
浸るクセ、来年おいで

崩れず

熱いエネルギーとなる
屈辱に出くわしたなら
使命がくだされたのさ
今に浸っているなと

見てるがいい
肝をつぶさせる
長丁場の始まり
プライドの修復

ついてくる

分かる人には分かる
耐えるってこと　一つの味
物は考えよう　糧《かて》にする
やけを起こしちゃいけない

幸せづくりは　ステップ・バイ・ステップ
そういうものと受け入れる
毎日をそつなくこなす
諦めなければ

沈まず

曇りの日　「雨の日よりはまし」
繰りかえし繰りかえす
すると　晴れる　心が晴れる
一日が変わる

雨の日　「嵐の日よりはまし」
繰りかえし繰りかえす
すると　静まる　心が静まる
一日が変わる

嵐の日　「居場所があるだけまし」
繰りかえし繰りかえす
すると　安らぐ　心が安らぐ
一日が変わる

バランス

一つ望みが叶わぬと
一つ何かに満たされる
諦めも大事
時の流れの中で
生きてゆく達成感　皆、同じではない

断捨離

そんなこともあった
記憶がめぐる
シャットアウト
先を見据えなきゃ
いつまでも付き合えない

ほら、見つけた

チンアナゴ

砂の中から　ニョキッ　と直立
伸びたり縮んだり　辺りをうかがう
根のないつくしんぼ
しらすの百倍

くらげ

フワフワ
ポワポワ
きまぐれさんぽ
ナニ　かんがえてるの

クリオネ

エールなのね
翼が　フレッフレッ　している
小さいながら　ありったけに
ガッツイテ食べる顔も生きぬく力
日本の海　あったかーい赤い肝

カワウソ

どこに住んでいるの
山
ほんとう?
川　うそ

ライオン

威厳をプンプンに誇るたてがみ
勇者のシンボル
のしっ　のしっ　と　のし歩く
思わず息をのむ
どうぞ　お手柔らかに

晩夏

暑さのダッシュが落ちはじめる
季《とき》の生き物たちの盛衰
太陽が深呼吸している

彼岸花

ホロンと折れたよ　心の芽
そよ風に切なくされた
汲んでくれたんだね
「いいよ　いいよ」って聞こえる
赤いお皿は受けとめる　しっかりと

感傷

君はさ、どこから来たの
研ぎ澄まされる秋の日に
そっと入りこんで
そっと消えてゆく
温もる出会いを見つけたくて

重ね着

守りの境地
あれこれと考えたり、考えなかったり
ホッとするもう一枚

元旦

昨日《きのう》を去年とよぶ一日
ふっくら、すりん　とした空間
チェンジの一歩

よしっ!

素直になれば

進行中

ニョキッ　と顔をだす
アンニュイ感とか　メンドクサイとか

誰のためって？　自分のため
領けたら実行　「ラクは損」
押しかえして片をつける
角質がはがれ　ツルッ　とした気分になれる

仕事

今こなさなきゃ
今むきあうベターな行為
自分のために
自分の出番と感じて
最後の一つは明日へのタッチ

学ぶ

従う眼差《まなざ》し　自分を抑える
呼吸をととのえ、目の前の一つに専念
あれもこれもじゃ気がめいる
ソロリ　ソロリ　と順を追う
先が見えてくる

苦手

打ち克つには一日一つはノルマ
肩の力をぬいて
何もしないと何もできなくなる
全ては　訓練　訓練
先ずは攻めやすいところから

スローでも

日常のあゆむ歩幅はマイペース
どっこい　ご飯、洋服、テレビなどなど毎日ちがう
ありがたいことに
一秒一秒に小さな変化
何もしていないようで何かしている

片隅に

願いと努力はエンドレス
自惚《うぬぼ》れるとつまずく
プライドは視野を狭くする一面も持つ
宝を失ってしまうことがある
謙虚さを忘れない

節度

日常生活にアンテナをはる
周囲の中の自分を知る
フワフワしているとドン底を味わう時がくる
とりわけ　お金、お酒、人間関係は
ピリッと感をなくさない

覚悟

お金と無縁でいられない
現代社会を生きるには
ハローがあってグッバイもある
どこかで線をひく
ライフ・イズ・マネー

頑《かたく》な

イヤイヤ感がつっぱねる
柔軟さに欠ける
閉ざしがちな思考
バリアは己を小さくする
一度は響いてくるものを探してみる

確認

遠くを見つめすぎ
理想はずっと向こう側

未知には期待と不安がある
経験がないと憧《あこが》ればかり増す
身近なところにも幸《さち》がある
足元は侮れない

レールの上で

忘れない　忘れてはいけない
今に感謝する気持ち

何気ない日常生活
意外と難なく手に入れられたもの

ちっぽけって侮る時がある
おごると足が掬《すく》われる

立ち止まる

御用心
時に　人の話はどこかに落とし穴がある
親しき人でも
一呼吸いれる
全てを真に受けない

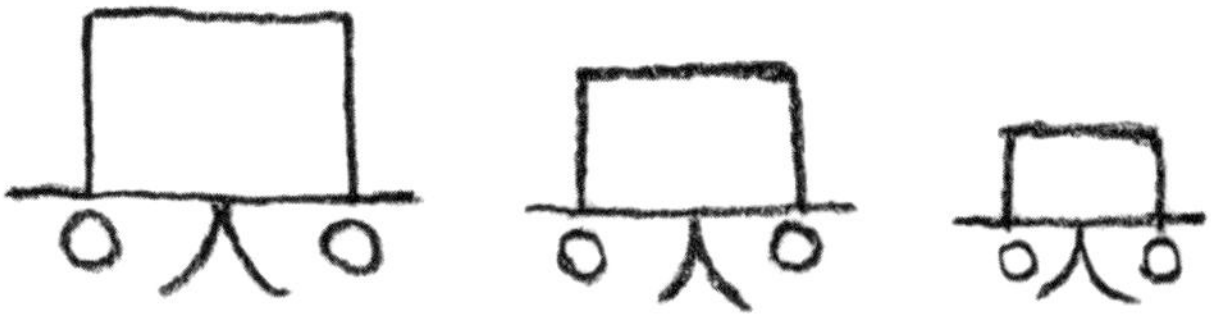

無題

世の中なんてこんなもん
善くなることもあるけれど
理想は模索中
カチンときても先ずは抑える

いったい何年生きているの
自分がしっかりしなきゃ
人間同士
矛盾とにらめっこ

還暦

えっー　うそ　ここまで生きてきた
何とか

固さがほぐれる
じわじわ　と光を放つ

今、生あることの意味を考える
幾つになっても旬でいたい

私流

何で失望させられるのか
何で失望させてしまうのか

完璧は似合わない
何事も　プラスマイナスゼロ
少しずつ前進
最後、笑えれば

流儀

自分は自分のセンスに従う
他《ほか》の人と同じではつまらない
努力と辛抱は成長へとつながる
責任も覚悟
未来への風

対処

最後は誰の言葉でもなく己の判断
後悔しないように　聴く耳をもちあわせて
こうした積み重ね　個を確立させる
その気になれば何のこれしき
ひとりを発揮

詩作

残したい呟《つぶや》きがある
考える種として
日々の幸せ感と行き場のない思いを描く
生きた自分の一ページ
一冊の本になる

*

もくじ

はじめに——2

耳を澄ませば——5

糸口　6
日の出　7
一日　8
道　9
開《ひら》ける　10
順応　11
誰だって　12
待つ　13
焦らず　14
生き甲斐　15
過程　16
存在　18
個性　19
新型　20
誰もが　21
ゆずりあい　22
愛　23
家庭　24

銀婚式 25
見守る 26
つきあい 28
ふつう 29
強く 30
沈みの中で 32
乱れず 33
かすり傷 34
まだまだ 35
つなぐ 36
作品 37
好物 38
外食 39

もっと見つめて —— 41

健康 43
清潔 44
放心 45
保つ 46
世間 47
サボテン 48
見栄 49
偉《えら》がる 50
こじれ 51
身だしなみ 52

婚活　53
そろそろ　54
先のばし　55
限界　56
生きる　58
追う　60
復活　62
負けない　64
払う　66
崩れず　68
ついてくる　70
沈まず　72
バランス　74
断捨離　75

ほら、見つけた ―― 77

チンアナゴ　79
くらげ　80
クリオネ　81
カワウソ　82
ライオン　83
晩夏　84
彼岸花　85
感傷　86
重ね着　87
元旦　88

素直になれば——91

進行中 92
仕事 94
学ぶ 95
苦手 96
スローでも 97
片隅に 98
節度 99
覚悟 100
頑《かたく》な 101
確認 102
レールの上で 104
立ち止まる 106
無題 108
還暦 110
私流 112
流儀 114
対処 115
詩作 116

著者プロフィール
ひきだ 沙南（ひきだ さな）
1961年生まれ
國學院大學法学部卒業
華道、草月流二級師範参与

イラスト　ひきだ 不遠《ふおん》

前著
『詩集　きらめき処方箋』
（2014年、文芸社）

幸せは口笛ふいて

2023年10月15日　初版第１刷発行

著　者　ひきだ 沙南
発行者　瓜谷 綱延
発行所　株式会社文芸社
〒160-0022　東京都新宿区新宿1－10－1
電話　03-5369-3060（代表）
03-5369-2299（販売）

印刷所　図書印刷株式会社

ISBN978-4-286-24615-4